L'appel de la forêt

FichesdeLecture.com

L'appel de la forêt
(Fiche de lecture)

I. INTRODUCTION

L'auteur

John Griffith Chaney est né le 12 janvier 1876, à San Francisco. Il porte le nom de son père naturel, William Chaney, qui a abandonné sa mère, avant sa naissance. Le 7 septembre 1876, il prend le nom de Jack London, suite au mariage de sa mère Flora Wellman avec John London. Il connaît alors une existence précaire tout en pratiquant sa passion de l'écriture. C'est le 23 juillet 1897 qu'il embarque avec son beau-frère James H. Shepard pour le Klondike. Il découvre les chercheurs d'or du Grand Nord et s'en inspire pour écrire 3 œuvres à succès : *L'appel de la forêt* (1903), *Le loup des mers* (1903) et *Croc-Blanc* (1904). Additionnant de graves problèmes de santé et de fortes doses de médicaments, il meurt le 22 novembre 1916 d'une crise d'urémie.

L'œuvre

L'appel de la forêt ou *L'appel sauvage,* traduction de *The call of the wild,* est publiée en 1903 et vendu à six millions d'exemplaires. Elle raconte la vie d'un chien nommé Buck, appartenant à une famille aisée, qui est kidnappé et vendu pour participer à l'exploitation des gisements d'or du grand Nord. Le lecteur suit pas à pas l'adaptation du chien dans un univers violent où les codes de la vie civilisée n'existent plus. Les rencontres et évènements successifs vont alors provoquer chez ce canidé un retour à ses origines.

II. RÉSUMÉ DU ROMAN

Le livre s'ouvre sur un contexte familier de l'auteur, l'exploitation des gisements d'or de l'Arctique. Mais c'est sur un personnage tout à fait différent et loin de ces considérations que le lecteur est attiré. En effet, à Santa Clara (San Francisco) vit Buck, fils d'Elmo, un gros saint-bernard et de Shek, une femelle berger écossais. Il profite du vaste domaine de son maître, le juge Miller et s'y considère comme un roi. Cependant, un tournant vient bouleverser la vie tranquille de ce chien. Il est daté de l'automne 1897.

Manuel, le jardinier, joueur de loterie chinoise, « commit sa trahison ». Il s'empare de Buck et le vend afin d'empocher 100 dollars. Le chien confiant jusqu'alors montre une attitude menaçante. Il est traîné, étranglé puis mis en cage. Il voyage pendant 2 jours sans boire, ni manger.

Lors de son arrivée à Seattle, « un homme au chandail rouge » le laisse sortir de sa cage. Buck essaie de se ruer sur lui à plusieurs reprises, laissant échapper la rage qu'il avait contenu jusqu'à présent. Cependant, l'homme riposte par des coups de gourdin. Les jours suivants, d'autres chiens arrivent et repartent contre de l'argent. Le tour de Buck arriva et c'est Perrault, un messager officiel du gouvernement canadien qui céda 300 dollars. Curly, une femelle terre-neuve rejoint Buck. Ils sont alors confiés à François, un basané. Buck et Curly accompagnés de deux autres chiens, un spitzberg blanc et Dave, naviguent sur le « Narval ». Ils découvrent peu à peu le froid et la neige.

Buck découvre la vie sauvage à la vue de son premier combat : Curly y perd la vie contre un chien esquimau. Ensuite, Buck doit apprendre à tirer un traîneau guidé par François et transportant du bois. Spitz est le chien de tête et Dave est à l'arrière. Pour accélérer le voyage consistant à livrer des dépêches, trois autres chiens rejoignent rapidement le traîneau : les deux chiens esquimaux, frères, Billee et Joe, puis Sol-leks, un vieux chien borgne avec des cicatrices. Ce dernier agressa Buck lorsque celui-ci se présenta par le côté borgne. Après avoir parcouru beaucoup de kilomètre, la troupe se repose ce qui permet à Buck d'observer les habitudes des autres chiens. Buck apprend à creuser un trou dans la neige pour y dormir sans avoir froid, à manger vite et à voler la nourriture des autres. « Une mort rapide et cruelle attendait celui qui en était incapable » (chapitre II). Les sens de Buck se développent peu à peu tout comme ses muscles. Ses instincts primaires se réveillent comme par exemple, flairer le vent ou hurler comme un loup.

Jusqu'à présent, Buck n'a jamais répondu au menace de Spitz. Mais, lorsque ce dernier lui vole sa place, Buck exprime sa colère. C'est l'attaque du campement provisoire de la nuit qui arrête leur combat. En effet, Perrault doit défendre la nourriture et le camp, à coup de gourdins, contre des chiens esquimaux des villages indiens avoisinants. Tous les chiens du traîneau sont attaqués et blessés. La reprise du voyage est difficile d'autant plus que la glace est fine. François fabrique des petits mocassins pour protéger les pattes de Buck qui le font souffrir. L'homme s'inquiète de l'attitude de Spitz et de Buck. Il se doute d'un combat à venir et c'est à Dawson qu'il a lieu. Les chiens doivent y transporter des rondins pour la construction des bâtiments. Mais, lors d'une chasse au lièvre, Spitz s'empare de la proie alors que Buck était en tête de la course. Celui-ci se rue alors sur son ennemi et se bat jusqu'à la mort de ce dernier.

François décide de mettre Sol-leks en tête du traîneau pour remplacer Spitz mais Buck pousse le chien. François s'obstine et le repousse à son tour en le menaçant avec un gourdin. Buck s'éloigne alors et refuse de revenir au traîneau. François n'a pas pas d'autres choix de lui laisser la place en tête de l'attelage. Le nouveau rôle de Buck est accepté par la meute qui lui voue son respect. Deux nouveaux chiens Teek et Koona sont intégrés à la meute. Par la suite, François et Perrault cèdent l'attelage à un écossais qui transporte le courrier avec 12 autres attelages. Le chargement est lourd et fatigue les chiens. Dave est celui qui souffre le plus. L'écossais décide de mettre Sol-leks à sa place mais le chien refuse. L'homme finit par prendre la décision de le tuer d'un coup de revolver car Dave ne peut plus marcher.

Le voyage de Dawson à Skagway a été difficile et les chiens sont amaigris. Deux américains, Charles et Hal achètent le traîneau. Il sont accompagnés de Mercedes, épouse de Charles et sœur de Hal. N'étant pas expérimentés, ils chargent trop le traîneau et celui-ci chavire dès le départ, éparpillant toutes leurs affaires. Ils décident alors d'acheter 6 autres chiens, passant leur nombre à 14. Dû à un manque d'organisation et de rationnement de la nourriture, ils viennent à manquer et les nouveaux chiens meurent n'étant pas habitués à ce nouveau rythme. Malgré leurs querelles habituelles, ils achètent de la nourriture mais pas assez nourrissante pour les chiens.

Arrivés à l'embouchure de la White River, les chiens et les hommes se présentent à John Thornton fatigués. Cet homme les avertit du danger de la piste car la glace fond rapidement. Les américains refusent de l'entendre et veulent continuer. Cependant, Buck, malgré les coups, refuse de repartir. John Thornton s'en prend à Hal et la troupe repart sans Buck. Cependant, au bout de 400 mètres, Buck et John Thornton voient le traîneau s'enfoncer dans la glace et tous disparaissent.

Buck se repose aux côtés de deux autres chiens : Skeek, une chienne setter irlandais qui le soigne en le léchant et Nig, un énorme chien noir. Il reçoit pour la première fois l'amour d'un maître à travers John Thornton et il le protège en retour. En effet, il mord à la gorge Burton lorsque celui-ci cherche querelle à Thornton. De plus, Buck sauve la vie de son maître, en mettant la sienne en danger, lorsque celui-ci tombe à l'eau dans des rapides. Puis Buck fait la fierté de son maître lorsque ce dernier jure que son chien peut tirer 500 kilogrammes. Matthewson qui possède un chargement de cet envergure le prend au mot et mise 1000 dollars. Bien que les patins du traîneau soient pris dans la glace, Buck relève le défi et permet à John Thornton de remporter 16000 dollars.

L'argent remporté permet à John Thornton de rembourser ses dettes et de partir en quête d'une mine d'or dont le seul indice est que l'entrée se trouve à côté d'une cabane abandonnée. Dans la forêt, Buck développe son instinct de chasseur. Il entend un appel et rencontre un loup qu'il va suivre. Il reste attacher à son maître et retourne au camp. Il se nourrit de sa chasse et surprend même un ours. Pendant 3 jours, il joue avec un élan qu'il réussit à séparer du troupeau. Il finit par le tuer, le dépecer et le manger. A son retour au camp, il découvre les cadavres des 2 chiens transpercés d'une flèche. IL agresse alors les indiens Yeehats encore présents et les fait fuir. Après la vue du corps de John Thornton, il entend l'appel des loups. Ces derniers arrivent sur lui et Buck doit s'en défendre. Il réussit alors à les faire fuir et rencontre le loup qu'il avait suivi auparavant. L'amitié est passé entre les deux canidés par un effleurement de la truffe puis vient le tour d'un vieux loup. L'encerclement de Buck par les loups clôt le rituel.

On apprend à la fin du livre que les Yeehats aperçoivent de nouveaux loups, descendants de Buck et dont celui-ci est à la tête. Des hommes sont retrouvés morts égorgés avec des empreintes plus grandes que celles des loups.

III. PRÉSENTATION DES PERSONNAGES

– Buck

Les traits physiques

Buck est un chien croisé d'un mâle saint-Bernard et d'une femelle ber-ger-écossais et pèse 65 kilogrammes. Dès le début de l'œuvre, on apprend que la quête de l'or demande « des chiens lourds, à la musculature permettant les plus rudes efforts, et dont l'épaisse fourrure les protégerait du froid. ». Buck semble répondre à ces critères puisqu'il va en être de la partie. On déduit du récit que Buck a 4 ans. Il est donc d'un âge avancé. « La chasse et les autres plaisirs du grand air, en durcissant ses muscles, l'avaient protégé de l'empâtement, et chez lui comme chez toutes les races aimant les bains froids, l'eau avait été un stimulant, un bon moyen de garder intacte sa santé. ». Buck est un chien qui s'entretient et qui profite de manière raisonnée des avantages que lui procure sa vie au sein du domaine.

Buck ne connaît pas le froid et la neige. Dès son arrivée dans le Grand Nord, il doit apprendre à se protéger. En observant les autres chiens, il découvre donc le besoin de creuser un trou pour se tenir au chaud et pouvoir dormir. Son corps évolue rapidement afin de s'adapter au Grand Nord. Dès le deuxième chapitre, il est écrit :« Ses muscles acquirent la dureté de l'acier et il devint insensible à toute forme banale de douleur ». Ses sens se développent : « Sa vue et son odorat gagnèrent remarquablement en acuité » ainsi que son régime alimentaire : « manger n'importe quoi lui était possible ». Au chapitre III, les pattes de Buck se durcissent et François n'a plus besoin de les protéger en les enveloppant.

Les traits psychologiques

Buck se différencie des autres chiens du juge Miller. Il s'est approprié tout le domaine et ne se cantonne pas à certains endroits plus ou moins privilégiés. Il n'est ni un chien d'intérieur mais il sait profiter de la douceur de la cheminée, ni un chien de chenil mais il sait jouer le garde du corps des enfants ou bien chasser. Il a un caractère digne de son maître : « Pendant ses quatre premières années, il avait vécu en aristocrate comblé, était très fier de lui et même un tantinet égoïste, comme le sont parfois, en raison de leur isolement, les gentlemen campagnards. »(chapitre I). Il se considère comme un roi et porte un regard hautain sur les autres chiens. Dès la première phrase du livre, le doute est posé sur l'humanité de Buck. En effet, la phrase « Buck ne lisait pas les journaux » (chapitre I) ne laisse nullement penser qu'il s'agit d'un chien.

Pensant que Buck est au sommet de sa vie de chien, le lecteur ne se doute à aucun moment que sa vie civilisée va être mis à rude épreuve. En effet, la rencontre avec l'homme au chandail rouge marque la rupture de l'impétuosité de Buck. « Lorsqu'il était encore civilisé, il aurait donné sa vie pour une question morale » (chapitre II). La violence dont il est la victime devient une source d'apprentissage. La soumission devient une règle lorsque le moment n'est pas choisi pour s'imposer. C'est d'ailleurs d'une patience incroyable que Buck fait preuve face aux attaques de Spitz. Il attend le bon moment pour frapper et anéantir son ennemi. Il fait ainsi preuve de sagesse et gagne le respect des autres chiens mais aussi des hommes : « Un chien comme ce Buck, y en a jamais eu ! » (chapitre IV). Il devient obéissant lorsque François lui offre la place de chef et prend son rôle au sérieux. Il devient une sorte de roi des chiens à condition qu'il respecte les valeurs du traîneau qui sont la solidarité, le courage et la fidélité.

– Les autres chiens

Spitz est le chien qui incarne l'autorité. Il est le chien à la tête du traîneau. Il guide les autres chiens ce qui demande du courage et du charisme. Afin de s'imposer, il n'hésite pas à se battre et à tuer, comme par exemple avec Curly. Spitz est l'ennemi de Buck. Ce dernier ne supportant pas son autorité, le tuera. Spitz reflète la violence du Grand Nord comme l'homme au chandail rouge. Le narrateur lui donne une place importante mais ceci ne peut pas durer. Spitz et Buck sont des dominants. Ils ne peuvent pas cohabiter. Spitz est comme un roi déchu de son trône.

Dave est un personnage représentatif de la vie des chiens du Grand Nord. Il est dévoué à sa tâche et lorsqu'il est trop fatigué pour tirer le traîneau, il s'acharne à le faire (chapitre V). Sa volonté montre un besoin très fort d'appartenir à la troupe.

Sol-leks possède ce même dévouement face au traîneau. Lorsqu'il attaque Buck, c'est parce que celui-ci l'a surpris en se présentant par son côté borgne. Sa réaction est donc de se protéger non pas pour faire mal ni s'imposer. C'est un chien qui a gagné en sagesse de par son expérience. Il ne désire pas autant que Buck d'être à la tête du traîneau. Il accepte d'y être lorsque François l'y place mais il donne sa place facilement lorsque Buck la lui prend.

– Les hommes

Les passeurs

Le juge Miller est le premier maître de Buck. Il est l'homme qui appartient au premier monde de Buck, le monde civilisé. Dès le départ, Buck s'éloigne de ce monde et il n'y reviendra pas « Il appartenait au monde sauvage, d'où il était sorti pour s'asseoir auprès du feu de John Thornton, et ne gardait pas grand chose du chien marqué par l'empreinte de générations civilisés dans l'univers douillet du sud » (chapitre VI). La rencontre avec l'homme au chandail rouge (chapitre I) marque la rupture dans la vie de Buck. François et Perrault sont des personnages secondaires. Ils permettent à Buck d'accéder au monde sauvage du Grand Nord mais en aucun cas ils sont identifiés comme des maîtres. C'est John Thornton qui occupe cette place prépondérante dans l'œuvre. Il est le dernier lien de Buck avec le monde civilisé. Il marque le passage de Buck, de chien civilisé à loup sauvage. « Buck vit s'achever sa convalescence et commencer sa nouvelle vie. » (chapitre VI)

Le maître

De plus le chapitre VI distingue clairement le lien établit entre John Thornton et le chien : « il revenait à John Thornton d'avoir éveillé en lui un amour fiévreux, brûlant, qui tenait de l'adoration et de la folie. » (chapitre VI). C'est cet amour qui permet à Buck de toujours revenir vers son maître lors de sa rencontre avec le loup. John Thornton est le seul homme pour qui Buck est prêt à sauter dans un gouffre à sa demande (chapitre VI). Le chien n'hésite pas à mettre sa vie en danger pour lui lors de la scène de la rivière où John Thornton est emporté dans les rapides (chapitre VI). Les marques d'amour entre le chien et le maître sont les seules de l'œuvre. En effet, le dernier évènement du chapitre VI, où Buck tire un traîneau de 500 kilogrammes, se clôt par cette marque de complicité « Buck lui saisit la main entre ses mâchoires [...] C'était sa façon de répondre, exprimée, non avec des mots, mais avec son cœur. ». Ainsi, l'action devient plus forte que les mots des hommes. Il en est d'ailleurs questions tout au long de l'œuvre car les scènes s'enchaînent rapidement avec des descriptions ou des suppositions du narrateur sur le point de vue de Buck. Peu de place est laissée au sentiment ce qui explique l'absence de personnages féminins importants.

– Les personnages féminins

Les femelles

Les personnages féminins sont rares dans l'œuvre de Jack London et lorsqu'ils sont présents, ils sont secondaires et vite évincés. Chez le juge Miller, il n'y a pas de place pour la femme. Seule « la légion de femmes de chambre » est présente au côté d'une chienne d'intérieur Ysabel pour qui Buck n'exprime aucun intérêt. Curly est la première chienne qui suscite de l'intérêt, même léger, aux yeux de Buck. Cependant, le narrateur en fait une proie faible de Spitz. L'autre chienne que rencontre Buck avant John Thornton est Dolly. Elle ne joue aucun rôle fort et disparaît de l'œuvre en devenant folle ce qui montre la encore le peu d'importance accordé au rôle féminin. Enfin, la dernière chienne, Skeek, celle de John Thornton, est bien évidemment placé aux seconds plans derrière l'amour de Buck pour John Thornton qui occupe toute la place dans le cœur du chien.

Mercedes

Mercedes est la seule femme dans ce monde du Grand Nord et elle occupe tout le chapitre VI. Cependant, son rôle est celui d'une femme attachée à ses biens et semant la zizanie entre son époux et son frère. Elle n'est pas dotée d'une grande intelligence et est présentée comme faible de par ses pleurs et ses cris. Elle accompagne les deux américains, Charles et Hal, les plus ridiculisés du roman de par leur ignorance de ce monde sauvage. Aucune description physique de ce personnage féminin n'est don-née. Dès son apparition, on remarque que Mercedes est la première à se soucier du bien être des chiens : « ces pauvres choux ! Tu vas me promettre de ne pas les malmener jusqu'à la fin du voyage » ce qui lui donne un côté protecteur presque maternel, propre au femme. Enfin, l'évocation d'une descendance de Buck provoque la fin du livre sans que rien ne soit ajouter ni même remplace l'amour de Buck pour John Thornton. « C'est peut être ici que doit prendre fin l'histoire de Buck. ». C'est donc avec pudeur que le narrateur choisit de ne livrer aucun détail.

IV. AXES DE LECTURE

– Le succès du livre

Ni l'éditeur, ni Jack London ne pensait que *L'appel de la forêt* aurait autant de succès car l'utilisation d'animaux en tant que personnages n'était pas originale. Jack London en avait d'ailleurs cédé ses droits d'auteur. En effet, en 1894, Rudyard Kipling avait connu le succès en écrivant *le livre de la jungle* où se rencontrent des hommes et des animaux. L'éditeur avait appréhendé la sortie de l'ouvrage du fait qu'il contienne beaucoup de violence. On peut pourtant se demander si ce n'est pas cette utilisation remarquable de la sauvagerie, propre à Jack London, qui fait de cette œuvre un succès. En effet, *L'appel de la forêt* a connu et connaît encore un véritable succès puisqu'elle a été vendu à plus de six millions d'exemplaires aux États-Unis et traduit en une vingtaine de langues.

L'identification du lecteur

L'appel de la forêt est un roman d'aventure qu'apprécie beaucoup la jeunesse mais aussi les adultes. En effet, le lecteur apprécie dès le premier chapitre ce chien sorti d'un monde aisé qui va devoir faire face à de nombreuses difficultés. Il peut s'identifier à Buck dès les premières pages puisque le narrateur ne s'attarde pas sur le domaine des Miller. Buck devient très vite une victime et cela intéresse toutes les classes sociales mais aussi tous les âges. Le jeune lecteur qui ouvre le livre éprouve alors de l'admiration pour ce chien plein de poils qui ressemblent à une grosse peluche. Et, le lecteur plus âgé apprécie l'audace de cette bête qui va devoir faire preuve d'intelligence face à la violence d'un monde où l'innocence n'a pas sa place et où les lois sont celles de la nature et non pas celle de la morale. Ainsi, *l'appel de la forêt* apparaît comme une sorte d'échappatoire pour le lecteur du vingtième siècle mais aussi d'aujourd'hui. L'aventure est autant physique avec le froid et l'inconnu de l'espace que morale par la vie qui y est menée.

L'acceptation de la violence

Le lecteur, en suivant Buck dans sa confrontation aux hommes et animaux du Grand Nord, accepte la violence qui se met en place. Le chien est d'abord victime des coups de l'homme au chandail rouge et ceci provoque la pitié. Ainsi, le narrateur force le lecteur à prendre position pour le chien. Lorsque Buck devient agressif à son tour, les personnages ciblés ont déjà été présentés comme hostiles. C'est le cas de Spitz qui a tué Curly (chapitre II) et qui provoque sa propre mort en volant la proie de Buck (chapitre III). Par la suite, la violence de Buck est toujours justifiée. Par exemple, il attaque Burton qui a provoqué son maître John Thornton. Il devient ainsi, une sorte de justicier. Lors de la scène du jeu avec l'élan au chapitre VII, Buck fait preuve de cruauté mais ceci est mis sur le compte de l'instinct naturel que le Grand Nord a réveillé en lui. C'est d'ailleurs sous le nom de « l'appel » que le narrateur justifie son comportement. « L'appel » le renvoie à ses origines primitifs.

– L'appel de la forêt : miroir de l'auteur

L'espace

Le Grand Nord est familier de l'auteur puisqu'il y est allé personnellement. Jack London s'inspire de ce qu'il a pu observer entre le 23 juillet 1897 et juin 1898. Buck est un personnage canin inspiré de la réalité. En effet, à Dawson, Jack London avait rencontré un chien similaire, celui de Louis Bond. Le père de ce dernier vivait à Santa Clara et était juge (commentaires de Pierre Coustillas). Ainsi, les descriptions du domaine du juge Miller et de Buck, le chien aristocrate, sont nés d'un souvenir marqué de l'auteur. A partir du chapitre VI, Les indications sur l'espace et le temps deviennent de moins en moins précises. Nous pouvons donc supposer que la suite de l'œuvre repose sur l'imagination de l'auteur.

L'enfermement

Au chapitre I, Buck est mis « dans une caisse à claire-voie semblable à une cage ». Il ne supporte pas cet enfermement qui rompt avec sa liberté tant appréciée chez le juge Miller. Il devient agressif et menaçant. Nous pouvons attribuer cette sensation à ce qu'a pu ressentir Jack London lors de son séjour au pénitencier d'Erie County, à la fin de juin 1894. En effet, il avait été arrêté pour vagabondage et enfermé 30 jours. Jack London a été témoin des coups gratuits reçus par les autres prisonniers. La violence est donc une thématique chère à l'auteur. Dans le recueil "La route" il écrit : "La manière dont sont traités les hommes est tout simplement une des très moindres horreurs impubliables du Conté pénitentiaire d'Erie. Je dis 'impubliables' mais je devrais plutôt dire 'impensables'. Elles étaient impensables pour moi jusqu'à ce que je les vois, et pourtant je n'étais pas une poule mouillée ; je connaissais déjà les aléas du monde et les horribles abysses de la déchéance humaine. Il faudrait lâcher une boule de plomb très lourde pour qu'elle atteigne le fond de l'océan, soit le Conté d'Erie, et je ne fais qu'effleurer légèrement et facétieusement la surface des choses telles que je les ai vues là-bas". Enfin, l'injustice dont fait preuve Buck face aux coups qu'il reçoit notamment de la part de l'homme au chandail rouge est un autre thème reflétant la vie de l'auteur. lors de son arrestation Jack London n'avait pas été écouté par les juges.

Le loup

Le titre *The call of the Wild* ou *l'appel sauvage* résume l'évolution de Buck. Il était un chien de compagnie et devient un loup, « en tête de la bande » (chapitre VII). Le narrateur choisit de perdre tout lien avec la réalité afin de faire entrer le lecteur dans une sorte de monde onirique : « La nuit tomba, une pleine lune s'éleva au-dessus des arbres et monta très haut dans le ciel, éclairant la terre qu'elle finit par baigner d'une clarté surnaturelle [...] les loups s'engouffrèrent comme un flot argenté ». Dans ses commentaires, Pierre Coustillas nous apprend que Jack London était fasciné par le loup : « A partir de 1903, London signait « Wolf » toutes ses lettres à ses proches, la maison qu'il fit construire s'appela « Wolf House », son chien de traîneau avait nom « loup brun ».

– Un support de réflexion

Social

Les nombreuses lectures philosophiques de Jack London sont présentes dans ce roman qui ne se satisfait donc pas d'une simple aventure d'un chien. Le fait d'utiliser un chien est un masque. On ne penserait pas qu'un chien puisse autant remuer la question du fondement d'une société. En effet, Buck nous montre à quel point la société nous façonne et à quel point la morale nous dicte nos choix. « Les hommes façonnent l'esprit de leurs enfants, comme ils habillent leur corps, suivant la mode » écrivait Herbert Spencer. De même, le sentiment d'injustice, présent dans le livre, est propre au socialisme que Jack London a longtemps soutenu notamment, par sa participation à la marche des chômeurs, en 1894. *L'appel de la forêt* décrit la montée d'un chien banal au sommet d'une troupe de prédateur. La comparaison avec la société de la fin du dix-neuvième siècle montre l'aspiration de Jack London pour un monde meilleur. Il condamne l'oppression du plus faible et souligne les valeurs du travail et de la solidarité.

Évolutionniste

Enfin, l'amour de Buck pour John Thornton montre à quel point la nature densifie les sentiments. Rien n'est laissé au hasard. Le lien entre le maître et le chien dépend de la vie. Cependant, il n'y pas de place pour d'autres histoires d'amour. Le roman se termine par l'évocation de certains loups, aperçus par les Yeehats, ressemblants à Buck. Le narrateur ne précise pas davantage et laisse le lecteur à ses suppositions. Enfin, ce qui découle de ce roman, c'est aussi la sélection naturelle de Darwin. Dans le Grand Nord, les chiens fragiles ne sont pas admis ou si ils le sont, ils meurent rapidement. Buck a la capacité de s'adapter dans ce monde difficile et sa descendance au milieu des loups prouvent que cette réflexion évolution-niste n'est pas anecdotique.

Métaphysique

Jack London fait de son roman d'aventure, un support de réflexion sur l'existence et l'origine. Face à la nature, la vie est bien plus cruelle. Dans son roman, Jack London n'hésite pas à montrer la mort pour inciter le lecteur à prendre conscience de l'importance de la vie. Buck n'hésite pas à tuer pour manger ou pour se défendre et ainsi sauver sa vie. Il est conscient de l'existence : il protège sa vie par des instincts naturels et protège les autres lorsqu'il est à la tête du traîneau. La chasse chez le juge Miller qui consistait à se muscler devient dans le Grand Nord, un besoin pour vivre. Ainsi, Jack London redonne à ce loisirs toute sa signification. Buck illustre la théorie de l'atavisme qui consiste en « la réapparition, chez un sujet, de certains caractères ancestraux disparus depuis une ou plusieurs généra-rations » (Le Petit Larousse 2008). Ainsi, Jack London introduit dans son œuvre des notions de philosophie qu'il a étudié longuement durant la première partie de sa vie.

Dans la même collection en numérique

Les Misérables
Le messager d'Athènes
Candide
L'Etranger
Rhinocéros
Antigone
Le père Goriot
La Peste
Balzac et la petite tailleuse chinoise
Le Roi Arthur
L'Avare
Pierre et Jean
L'Homme qui a séduit le soleil
Alcools
L'Affaire Caïus
La gloire de mon père
L'Ordinatueur
Le médecin malgré lui
La rivière à l'envers - Tomek
Le Journal d'Anne Frank
Le monde perdu
Le royaume de Kensuké
Un Sac De Billes
Baby-sitter blues
Le fantôme de maître Guillemin
Trois contes
Kamo, l'agence Babel
Le Garçon en pyjama rayé
Les Contemplations

Escadrille 80

Inconnu à cette adresse

La controverse de Valladolid

Les Vilains petits canards

Une partie de campagne

Cahier d'un retour au pays natal

Dora Bruder

L'Enfant et la rivière

Moderato Cantabile

Alice au pays des merveilles

Le faucon déniché

Une vie

Chronique des Indiens Guayaki

Je voudrais que quelqu'un m'attende quelque part

La nuit de Valognes

Œdipe

Disparition Programmée

Education européenne

L'auberge rouge

L'Illiade

Le voyage de Monsieur Perrichon

Lucrèce Borgia

Paul et Virginie

Ursule Mirouët

Discours sur les fondements de l'inégalité

L'adversaire

La petite Fadette

La prochaine fois

Le blé en herbe

Le Mystère de la Chambre Jaune

Les Hauts des Hurlevent

Les perses

Mondo et autres histoires

Vingt mille lieues sous les mers

99 francs

Arria Marcella

Chante Luna

Emile, ou de l'éducation
Histoires extraordinaires
L'homme invisible
La bibliothécaire
La cicatrice
La croix des pauvres
La fille du capitaine
Le Crime de l'Orient-Express
Le Faucon malté
Le hussard sur le toit
Le Livre dont vous êtes la victime
Les cinq écus de Bretagne
No pasarán, le jeu
Quand j'avais cinq ans je m'ai tué
Si tu veux être mon amie
Tristan et Iseult
Une bouteille dans la mer de Gaza
Cent ans de solitude
Contes à l'envers
Contes et nouvelles en vers
Dalva
Jean de Florette
L'homme qui voulait être heureux
L'île mystérieuse
La Dame aux camélias
La petite sirène
La planète des singes
La Religieuse
1984 A l'Ouest rien de nouveau
Aliocha
Andromaque
Au bonheur des dames
Bel ami
Bérénice
Caligula
Cannibale
Carmen

Chronique d'une mort annoncée

Contes des frères Grimm

Cyrano de Bergerac

Des souris et des hommes

Deux ans de vacances

Dom Juan

Electre

En attendant Godot

Enfance

Eugénie Grandet

Fahrenheit 451

Fin de partie

Frankenstein

Gargantua

Germinal

Hamlet

Horace

Huis Clos

Jacques le fataliste

Jane Eyre

Knock

L'homme qui rit

La Bête humaine

La Cantatrice Chauve

La chartreuse de Parme

La cousine Bette

La Curée

La Farce de Maitre Pathelin

La ferme des animaux

La guerre de Troie n'aura pas lieu

La leçon

La Machine Infernale

La métamorphose

La mort du roi Tsongor

La nuit des temps

La nuit du renard

La Parure

La peau de chagrin
La Petite Fille de Monsieur Linh
La Photo qui tue
La Plage d'Ostende
La princesse de Clèves
La promesse de l'aube
La Vénus d'Ille
La vie devant soi
L'alchimiste
L'Amant
L'Ami retrouvé
L'appel de la forêt
L'assassin habite au 21
L'assommoir
L'attentat
L'attrape-coeurs
Le Bal
Le Barbier de Séville
Le Bourgeois Gentilhomme
Le Capitaine Fracasse
Le chat noir
Le chien des Baskerville
Le Cid
Le Colonel Chabert
Le Comte de Monte-Cristo
Le dernier jour d'un condamné
Le diable au corps
Le Grand Meaulnes
Le Grand Troupeau
Le Horla
Le jeu de l'amour et du hasard
Le Joueur d'échecs
Le Lion
Le liseur
Le malade imaginaire
Le Mariage de Figaro
Le meilleur des mondes

Le Monde comme il va

Le Parfum

Le Passeur

Le Petit Prince

Le pianiste

Le Prince

Le Roman de la momie

Le Roman de Renart

Le Rouge et le Noir

Le Soleil des Scortas

Le Tartuffe

Le vieux qui lisait des romans d'amour

L'Ecole des Femmes

L'Ecume Des Jours

Les Bonnes

Les Caprices de Marianne

Les cerfs-volants de Kaboul

Les contes de la Bécasse

Les dix petits nègres

Les femmes savantes

Les fourberies de Scapin

Les Justes

Les Lettres Persanes

Les liaisons dangereuses

Les Métamorphoses

Les Mouches

Les Trois mousquetaires

L'étrange cas du Dr Jekyll et de Mr Hyde

L'Ile Au Trésor

L'île des esclaves

L'illusion comique

L'Ingénu

L'Odyssée

L'Ombre du vent

Lorenzaccio

Madame Bovary

Manon Lescaut

Micromégas

Mon ami Frédéric

Mon bel oranger

Nana

Ne tirez pas sur l'oiseau moqueur

Notre-Dame de Paris

Oliver twist

On ne badine pas avec l'amour

Oscar et la dame rose

Pantagruel

Le Misanthrope

Perceval ou le conte du Graal

Phèdre

Ravage

Roméo et Juliette

Ruy Blas

Sa Majesté des Mouches

Si c'est un homme

Stupeur et tremblements

Supplément au voyage de Bougainville

Tanguy

Thérèse Desqueyroux

Thérèse Raquin

Ubu Roi

Un Barrage contre le Pacifique

Un long dimanche de fiançailles

Un secret

Vendredi ou la vie sauvage

Vipère au poing

Voyage au bout de la nuit

Voyage au centre de la terre

Yvain ou le Chevalier au lion

Zadig

À propos de la collection

La série FichesdeLecture.com offre des contenus éducatifs aux étudiants et aux professeurs tels que : des résumés, des analyses littéraires, des questionnaires et des commentaires sur la littérature moderne et classique. Nos documents sont prévus comme des compléments à la lecture des oeuvres originales et aide les étudiants à comprendre la littérature.

Fondé en 2001, notre site FichesdeLectures.com s'est développé très rapidement et propose désormais plus de 2500 documents directement téléchargeables en ligne, devenant ainsi le premier site d'analyses littéraires en ligne de langue française.

FichesdeLecture est partenaire du Ministère de l'Education du Luxembourg depuis 2009.

Plus d'informations sur www.fichesdelecture.com

ISBN: 978-2-511-02829-2

Notes :